순간을 담아 영원으로

순.담.영

순간을 담아 영원으로

발 행 | 2022년 09월 15일
저 자 | 박지민 (화도)
펴낸이 | 한건희
펴낸곳 | 주식회사 부크크
출판사등록 | 2014.07.15(제2014-16호)
주 소 | 서울특별시 금천구 가산디지털1로 119 SK트윈타워 A동 305호
전 화 | 1670-8316
이메일 | info@bookk.co.kr

ISBN | 979-11-372-9516-2

순간을

담아

영원으로

박지민 지음

EPISODE.

EPISODE.

토막글 No.1

EPISODE.

EPISODE.

EPISODE.

EPISODE.

EPISODE.

EPISODE.

Episode. 0
책을 펼치며.

 평범한 일상에서도 우리는 매 순간 수많은 일을 겪고 그에 따른 생각을 하며 살아간다. 모든 순간을 온전히 기억할 수 있다면 정말 좋겠지만, 아쉽게도 대부분을 머릿속에서 잊어버리곤 한다.

 이렇게 잊어버리는 경우가 많아서 같은 실수를 반복하고 성장하지 못하는 삶을 사는 게 아니니까 싶어서, 비교적 가벼운 깨달음부터 고뇌를 통한 깨달음까지 나만의 인생 지침서로써 간직하기 위해 글로 남긴 것들이 모여 하나의 책이 되었다.

 누군가에게는 당연한 깨달음일 수도 있고, 누군가는 이해가 되지 않을 수도 있으며 누군가는 반문하고 싶은 내용일 수도 있다. 이 책을 읽을 모든 독자의 생각을 존중하며, 각자의 깨달음에는 다 각자의 정답이 있다고 생각한다.

 이 책의 담긴 내용들 또한 다사다난한 삶을 살며 수

많은 시행착오를 겪은 20대 중반인 한 사람의 깨달음으로써 날 선 잣대를 들이대며 독서하지 않았으면 한다.

각자의 인생에 모든 순간은 소중하다. 대부분의 사람은 보통 사진으로 그 소중한 순간을 영원으로 간직하곤 하지만 필자는 더 나아가 생각 또한 영원으로 간직하고 싶었다. 그리고 실행에 옮긴 결과의 산물이다.

책의 제목처럼 순간을 담아 영원으로 남기고 싶은 독자들만의 어떤 것이 있다면 지금 당장 영원으로 남길 것을 강력하게 추천한다.

한 사람이 약 2년간 모은, 더 나아가 평생의 경험과 깨달음이 축약된 〈순간을 담아 영원으로〉를 통해 맛볼 수 있는 뜻깊은 시간이 되길 바란다.

Episode. 1
인생 좌우명.

혼자 많은 생각을 할 수 있고,
가장 힘든 시기에 느낀 진심 어린 깨달음이다.

이 3줄만 기억해도 훌륭한 삶이 될 것이다.
당연시 드는 생각도
되새기지 않으면 망각하기 마련이다.

하나,

Live your real life.

Live the life you really want.

진짜 원하는 대로 살자.

순간에 유혹과 쾌락에 의존하고 연연하지 말아라.

둘,

Easy Come, Easy Go.

쉽게 얻은 것은 쉽게 잃는다.

셋,

Just Do It.

당장 시작해라.

Episode. 2
쾌락과 행복 구분하기.

.

두 단어의 사전적 의미를 살펴보면

쾌락은
유쾌하고 즐거움. 또는 그런 느낌.

행복은
생활에서 충분한 만족과 기쁨을 느끼어 흐뭇함.
또는 그러한 상태.

괜히 사전적 의미가 그러한 것이 아니다.
유쾌하고 즐거운 느낌에 불과한 인생을 살 것인가?
충분한 만족과 기쁨을 느끼며 흐뭇한 상태에 삶을 살
것인가?

_너의 진짜 삶을 살아라.
 우리는 그 정도 구별할 능력은 충분히 있다.

Episode. 3
누군가를 사랑할 수 있다는 건.

결코 가볍게 할 수 있는 게 아니란 걸.

서로가 누군가에게 사랑을 줄 수 있을 만큼 준비가
되어 있어야 하고,
서로가 누구에게 사랑을 줘도 되는지 판단 할 수
있어야 하고,
서로가 누군가의 사랑을 받을 준비가 되었는지도
알아야 한다.

서로가 진실한 마음인지 알아야 한다.

세상을 살아감에 있어 가벼운 마음으로 행한 모든
일들은 다 가볍게 사라진다.
진심으로 행한 일들 만이 감정들과 기억들로 짙은
여운을 남긴다.

사랑을 포함해 모든 면에서 가볍게 살고 싶지 않다.
순간들에 진심으로 후회 없이 미래를 맞이하는 삶은
살고자 한다.
시간이 흘러 인생을 돌아보면 미소를 띨 수 있도록.

_사랑이란, 자신에게 가장 진실할 때 찾아오는 운명.

Episode. 4
갑자기 일어나는 일이란.

없다.
살다 보면 예상치 못하게 일어나는 일들이 생긴다.

하지만, 잘 되새겨 생각해보면 그 일이 일어난 이유에
단 1퍼센트라도 관여했을 것이다.
비록 손톱만큼의 영향을 주었더라도 갑자기 일어난
일에 영향을 준 것이며,
그 일을 받아들이고 책임져야 한다.

**작은 말 한마디도, 행동 하나도, 모두 큰 파장을
일으켜 갑작스럽게 인생에 영향을 줄 수 있다.**

한마디로 사소한 일이 모든 일의 시작이다.

_갑자기 일어난 일이란.
자신이 일으킨 물결이 만든 파도.

Episode. 5
확률.

나는 계산적인 걸 싫어하지만,
세상은 사건·사고의 연속이며 이를 바탕으로
계산적으로 돌아간다.
그래서 냉철한 세상을 탓하며 살아가는 사람이 많다.
하지만 그건 미련한 거다.

인생은 확률을 높이고 줄이는 일상에 연속이다.

자신이 취업을 원한다면 공부를 통해 취업에 대한
확률을 높이는 것이고,
자신이 유흥을 원한다면 소비를 통해 재미에 대한
확률을 높이는 것이다.

이러한 맥락에서 가장 어려운 것은 행복에 대한 확률
싸움이다.

자신이 행복 하려면 과연 어떤 확률을 높여야 할까?
진정으로 원하는 게 무엇이며 어떤 행동을 해야 행복에
대한 확률이 높아질까?

답은 자신이 가장 잘 알고 있다.
그리고 매우 간단하다.

**확률싸움에서 확률을 높이는 최선의 방법은 1분 1초라도
빠르게 시작해서 더 많은 경우에 수를 만드는 법 뿐이다.**

그러므로 행복을 위한 행동은
지체하지 말고 바로 시작하자.

_세상의 모든 확률을 알 수 있었다면.

Episode. 6
시작, 습관, 보상.

가장 중요한 건 시작이다.
시작하지 않는다면 아무 일도 일어나지 않는다.

다음은 새로운 시작을 습관화해야 한다.
새로운 일을 하거나 변화를 줄 때, 이전에 익숙해져
있는 삶의 습관을 바꾼다는 건 여간 쉬운 일이 아니다.
그래서 새로운 습관이 형성될 때까지 매번 시작하는
마음을 가져야 한다.

고통스러운 시작의 과정을 하다 보면 습관이 잡힌다.
하지만, 습관이 잡히기 전에 지쳐버린다면 아무런
의미가 없다. 그래서 보상도 매우 중요하다.

습관이 잡힐 수 있도록 매번 시작하려 노력한
자신에게 보상해주면,
결국 새롭게 잡힌 습관이 더 큰 보상으로 보답한다.

이러한 3개의 과정이 하나의 루틴으로 자리 잡히었을 때,
삶의 모든 걸 바꾼다.

_이것이 변화에 출발이자 완성이다.

Episode. 7
여행.

여행이란 단어는
듣기만 해도 미소가 지어지는 행복한 단어야.

벚꽃, 단풍, 자전거, 커플 등
앞에 어떤 수식어를 붙여도 다 즐거운 상상을 펼치곤
해.

여기서 인생이란 수식어를 붙여보면 어떨까?

인생 여행.

삶을 여행한다 생각해보면,
우리가 살아온 기억 속에 힘들었던 기억도 행복했던
기억도 여행에 추억으로 남아 웃음 짓게 하고,
앞으로 밟아갈 나날들은 기대감과 설렘으로 우릴 미소
짓게 할 거야.

다 같이 당장 떠날 수 있는 여행.
삶을 여행해보자!

_뭐든 생각하기 나름이지.

Episode. 8
깊게, 진하게.

모든 일은 충분한 시간과 인내가 중요하다.

강한 불에 오랜 시간 끓일수록 더 진국이 되는
사골국처럼,
다 익었음에도 뜨거운 증기에 뜸 들여 찰기가
올라오는 쌀밥처럼,

인내의 시간을 끝내면 그 진가가 드러나게 된다.

진해지고 깊어지는 시간을 보내 보자.
20대 초반에 완성된 나 자신을 더 진하고 선명하게
만들고, 선명하게 알아 갈 수 있도록 하는 시간을
보내자.

비록 고생스러운 시간일지라도,
그 진가는 확실하다고 믿어 의심치 않는다.

_이 아름다운 청춘을 같이 진하게 만들고 있는
친구들을 보며.

Episode. 9
공허함.

마음속 공허함은 어디서부터 비롯된 걸까?
우리는 무의식적으로 공허함을 채우기 위해 행하는
일들이 많다.

여기서 한번 생각해보자.
당장 눈앞에 공허함만 채우려 하지 말고 그 공허함이
왜 생겼는지, 어디서 비롯된 건지 생각해보는 거다.

하지만 너무 어려운 게 현실이다.

욕심이 많아 채우고 싶은 마음이 커서 생기는
공허감인가,
자연스러운 운명을 거스르려 해 생기는 공허감인가,

난 욕심이 많아 원하는 건 이뤄내야 하는 사람이다.
난 내 운명을 내가 만들어 나가고 싶고,
만들어 나가는 사람이다.

결국 공허함은
내가 인생을 만들어 나갈 수 있는 동력이 아닐까?

계속해서 공허함에 원인을 생각하며 조금이라도 채워
나가는 게 인생인 걸까?

_공허함 이란 마음은 아직도 참 어렵다.

Episode. 10
한 아이가 있었어.

그 아이는 어렵고 복잡한 세상을 살아가기는 너무나
여리고 착한 아이였지.

하지만, 한 발짝 나아가면서 세상과 부딪히고
싸워나갔지.
그러면서 그 아이는 많은 상처를 받기도 하고
좌절도 했어.

세상과 싸워나가면서 착하고 여린 마음은 잠시 뒤로
두고 가끔은 나쁜 마음을 먹기도 하고 단단한 척도
했지만 깊숙한 마음속엔 상처가 생겼어.

그 아이의 상처는 어떻게 치료해야 하는 걸까?
결국 그 상처도 혼자서 치료하고 일어서야 하는 걸까?

세상은 너무 어려워.
그 아이 혼자서 견디기엔 너무 버겁지.

하지만, 그 아이는 아직도 답을 찾고 있어.
이 역시 세상과 싸워가고 상처받아가면서,
눈물 나도 또 한 발짝 앞으로 걸어가고 있어.

누군가 깊숙한 마음속을 달래 주길 바라면서.

_그 아인 누구일까?

Episode. 11
시간을 태운다는 생각.

살다 보면 지금 보내고 있는 시간이 무의미하게
흘러가고 있다는 생각이 들 때가 있다.

무언가를 하고 있음에도 결과는 보이지 않고
반복되는 일상은 하여금 자신의 정체성까지 생각해
보게 된다.

그러한 일상을 보내다 보면,
시간을 장작 삼아 태워 날려 보내는 것 같다는 생각이
들고는 한다.

누군가는 금보다도 비싸다는 시간을,
난 장작 삼아 불에 태워버린다는 생각이 들 땐 너무나
괴롭다.

하지만, 장작 삼아 불을 피우는 시간도 분명
무의미하지 않다. 인생에 작은 불씨를 키워 밝고
따뜻한 불을 밝히게 해주는 하나의 과정이라 생각하자.

시간을 태워 얻는 게 아무것도 없다는 생각이 들어도,
그 태우는 시간조차 결국 인생에 도움이 되겠지.

_그렇게 오늘도 시간은 타고 있다.

Episode. 12
여유 있는 사람.

누군가가 나를 필요로 하는 사람이 되자.
누군가를 필요로 하면 밑지는 인생을 살게 된다.
그러므로 자신을 잘 가꾸고
능력을 키우는 게 중요하다.

다른 사람의 능력에 의지하며 살아간다면,
성장은 물론이고 삶도 행복하지 못하다.
자신이 먼저 능력을 갖추고
남들이 나에게 의지할 수 있도록 노력하자.

가장 이상적인 건 서로가 능력이 되고 각자의 부족한
부분에 있어서 서로에게 의지하는 것이다.
하지만, 완벽하게 맞아떨어지는 인간관계는 존재할 수
없으니.

_난 지금 여유가 없는 거 같아.

Episode. 13
익숙해진 삶의 진실.

살아온 삶에 익숙해져 기존의 삶 속에
잘못된 부분들도 그저 일상으로 받아드리곤 한다.

그저 당연시되어버린 삶 속에서 자기 삶을 객관적으로
반성하고 되돌아보기 어렵다.

순간적으로 한 번씩 의문이 들 때,
주변에서 자기 삶에 물음표를 던졌을 때,
그 기회를 절대 놓쳐서는 안 된다.

내가 왜 이러고 사는 거지?
내가 왜 이런 입장이어야 하는 걸까?

일상은 바꾸기 어렵다.
머리와 몸이 반복된 습관을 기억하고 있기 때문이다.

하지만 머리가 일상에 의문을 품는 순간이 온다면,
자신이 한 단계 성장할 시기가 되었단 이야기다.
하지만, 절대 단번에 바뀌지 않는다.
작은 조각들부터 행동으로 바꿔 나가야 한다.

고통스러운 노력이 필요하다. 자기 신체 일부를 수술한
다 생각해보자. 삶을 수술한다면 얼마나 더 큰 고통이
필요할지는 충분히 예측 가능하다.

감당한다면 그 대가는 분명하다.
만물에 법칙이 그렇듯,
무언가를 얻으려면 반드시 희생이 필요한 법이다.

_익숙한 삶을 발전시키기 위해선,
 우린 불편한 삶에 익숙해져야 하고,
 그 삶이 익숙한 삶이 되면
 또다시 불편한 삶에 익숙해져야 한다.
 그것이 발전하는 인생이다.

Episode. 14
살아있음을 느끼다.

살면서 처음으로 살아있음을 느꼈다.
이러한 감정을 군대에서 처음 느낄 줄이야, 아직도
자신의 인생조차 한 치 앞을 내다보지 못한다.

자의 든 타의 든, 우연이든 필연이든,
어떠한 일에 자신이 진심으로 열중하게 되면
그 순간 살아있음을 느낀다.

미친 듯이 땀이 나고, 온몸에 피로가 쌓일 정도로 힘든
하루가 끝나서 침대에 눕는 순간 잠들어도,
살아있음을 느낀다면 일상에 모든 과정은 내 삶에
이유를 일깨워주는 순간들일 뿐이다.

행복, 감사, 고통, 피로와 같은 수많은 감정 또한
모두 자신이 살아있음을 느끼게 해주는 고마운 감정이
된다.

정말 살아있음을 느끼게 하는 일에서 존재하는 '나'는
그 어떠한 감정과 현실에서 가장 강력한 '내'가
될 수 있게 한다.

_평생 살아있음을 느끼며 살기를 바라며.

Episode. 15
평범하게 사는게 젤 어려운 거야.

평범, 중간, 절반, 가운데.
가장 흔하고 쉬울 것 같은 평범한 삶,
중간만 가는 편한 인생.

이 말에 절대 동의할 수 없다.

평범한 삶이란,
다가오는 행복과 시련 두 경계의 중간에서 한순간도
방심할 수 없는 균형잡기의 연속이다.

좁은 폭의 길을 균형 잡고 걸어가기도 어려운 게
현실인데, 우리의 삶을 균형 잡으며 살아가는 건
얼마나 더 어려운가.

평범한 삶을 살기 위해 노력하자.

어디 한쪽으로 치우치지 않고
어느 하나 과하거나 부족하지 않으며 고루고루
됨됨이가 되는 사람이 되길 바라면서.

_잔잔한 파도 같은 삶은,
 평범한 삶은 언제쯤 가능할까.

Episode. 16
잘못 선택한 길은 결국 썩는다.

잘못된 선택을 해 옳지 못한 길을 걷게 됐을 때,
그 후에 쌓은 경험과 성과들은 결국 썩게 된다.

잘못된 방향으로 걸어가는 과정 중에는 모르고 걸었을
수도, 알면서도 괜찮겠지, 하며 걸었을 수도 있다.

후자여도 괜찮다, 실수는 누구나 할 수 있다.
이런 위로도 필요하고 다시 방향 잡을 수 있게
동기부여도 필요하다.

하지만, 결국 썩어버린 건 절대 바뀌지 않는 게
현실이다.
이렇게 냉혹한 현실을 누굴 탓하겠나,

위로 받고 힘을 내도 그 썩어 꺾여버린 부분은
결국 인생에 거름으로 쓰는 수밖에.

_거름도 적당히,
 뭐든 과하면 잘 자란 부분도 썩어버리니까.

Episode. 17
별거 없는 하루.

시간은 무심하게 흘러 어느새 삶을 뒤돌아볼 때쯤 날
놀라게 하겠지. 벌써 무섭기도 하면서 우습기도 하다.

고생스러운 날도, 여유롭던 날도,
결국 그날의 해는 지고 다음 날 해는 다시 뜬다.

삶의 모든 게 다 그런 것 같다.
별거 없는 하루하루가 모여 한 사람의 인생이
만들어진다.

별거 없는 하루부터 소중히 여겨야 한다.
결국 다 피가 되고 살이 되는 소중한 일부가 될
테니까.

_별거 없는 글도 없을 거야.
 한둘씩 쌓이면 커질 거야.

Episode. 18
사람 사는 세상.

세상을 살아가는 데 있어 가장 중요한 건 뭘까?

하나를 콕 집기에는 수많은 단어가 떠오르지만,
사람이 가장 중요하다고 생각한다.

이 세상에 수많은 복 중에 가장 부러운 건 인복이다.

사람은 다른 사람들과 관계 속에서 살아가고
그 관계에서 속에서 모든 일들이 시작되고 끝이 난다.

행복, 사랑, 추억.
저 3 단어마다 다 떠오르는 사람이 있지 않은가?

_인복 많은 사람이 된다는 건,
 자신부터 좋은 사람이 된다는 것.

Episode. 19
생각이 많다. 그래서 드는 생각.

가끔은 생각을 비우는 게 될 때가 있다.

술에 완전히 취하거나,
몸이 지쳐 당장이라도 잠들 것 같거나,
정말 사랑하는 일에 몰두해 있거나.

입대 전에는 보통 술에 취해 생각에서 도피했었고,
군대에서는 매우 힘들고 몸이 지쳐 생각이 없어졌고,
우연히 찾은 사랑하는 일에 몰두하면서 생각에서
편해질 수 있었다.

그래서 든 생각은.

'생각'은 결국
'내'가 잘됐으면 해서 하는 오만가지의
'나'를 위한 생각이다.

'내'가 정말 사랑하는 일에 몰두해 있을 때만큼은
'내'가 행복하고 잘하고 있다는 걸
'나'도 알고 있어서 생각을 쉬게 한 것이다.

직접 경험해보니
'사랑'하는 일을 하는 것만큼,
'생각'에서 벗어나는 최고의 방법은 없다.

결국 생각은 자신이 사랑하는 일을 하며 살고 싶어
하는 자신의 갈망에서부터 비롯된 것이기 때문이다.

_사랑하는 일, 생각에서의 해방.

Episode. 20
나를 알아 봐주는 사람,
나 다울 수 있는 사람.

어렸을 때 읽었던 '내 이름은 나답게'라는 책이 있다.
지금은 제목밖에 기억나지 않지만,
시간이 흐를수록 더 곱씹어 보게 된다.

이 세상에 나답게 사는 사람이 몇이나 될까?
못해도, 나답게 산다고 생각하는 사람은 몇 명일까?
다른 사람들에게 잘 보이기 위해,
좋은 모습들만 보이기 위해,
사람들은 나답게 사는 걸 망각하고 있다.

자신의 인생을 자신이 사는 건데,
왜 나답게 사는 게 뒷전이 되었을까...?
의식적으로 망각에서 나와야 한다.

나답게 살아도 자신을 좋아해 줄 사람은 많다.
나답게 사는 것만큼 행복하게 사는 인생도 없으니까.

우린 나답게 살고 나다운 모습을 좋아해 주는 사람들에
게 그저 감사하고 더욱이 나다운 모습을 보여주면 된다.

_'내 이름은 박지민'

토막글 No.1

좋은 사람 주변엔 좋은 사람이 대부분이고,
별로인 사람 주변엔 다들 별로더라.

아무것도 하지 않으면서
좋은 사람이 곁에 오길 바라는 건 어불성설.

내가 좋은 사람이 되어
좋은 사람들이 내 곁에 머물 수 있기를.

_똥 주변엔 파리, 꽃 주변엔 나비.

Episode. 21
생각의 함정.

계속 생각만 하면서 또는 반성만 하면서
어느 순간부터 생각이 행동으로 이어지지 못하고
머릿속에서만 맴돌다 사라져버리는 경우가 다수다.

분명히 문제가 있다고 생각하지만 당장 그 요점을
자신이 의식하고 있으니까, 다 인지하고 있으니까
언제든지 행동할 수 있다면서 자기를 속이고 있다.

행동으로 이어지지 않는다면,
아무 의미가 없는 생각 노동의 함정이다.

이 함정은 어쩌면 자신을
자기합리화보다도 더 무서운 구렁텅이에 빠트린다.

_행동으로 보여주자.

Episode. 22
잘 지내.

가끔가다 생각이나,
한 번씩은 추억해봐,
그리고 다시 현실로 돌아와.

그때 난 왜 그랬을까,
그때 넌 왜 그런 거니,
그때 우리는 어떤 길을 걸은 걸까.

우린 서로를 마주 보며 같은 길을 걷고 있다
생각했지만, 우리가 걷는 방향은 달랐었나 봐.

한걸음, 한 걸음 나아가면서 난 행복했어.
너와 같이 웃을 수 있어서 감사했어.

지금의 기억이 다 왜곡되고 좋은 추억들만 떠오른다고
해도, 그럼 난 그 좋은 기억들만 담아 갈게.

서로가 서툴었고 미숙했던 과거에 우리에게
지금의 내가 위로에 한마디를 한다면.

그 순간만큼은 정말 사랑했어, 그리고 진심이었어.
이별 또한 사랑에 연속이었으니
이제는 각자 행복한 삶을 향해 나아갔으면 해.

_진심은 후회가 없더라.
 그때의 너도 진심이었길.

Episode. 23
시간에 반기를 들다.

시간은 무섭다.
가만히 있으면 무엇도 변하지 않지만,
유일하게 시간은 흐른다.

매 1분 1초, 난 시간에 반기를 든다.
그저 흘러가도록 놔두지 않는다.
내가 걷고 싶은 길, 방향으로 어떻게든 걸어간다.

그럼 계속해서 흐르는 시간 따윈 무섭지 않다.
나도 반기를 들며 같이 움직였으니까.

잘못된 방향으로 갔어도 난 가만히만 있지 않았고,
좋은 방향으로 갔으면 그저 흘러갔을 시간 속에서
먼저 성장한 거다.

다시 한번 시간에 반기를 든다.

쥐도 새도 모르게 지나갈 시간아.

절대 가만히만 보고 있지는 않을 것이다.

예전에도, 지금도, 앞으로도 난 계속 내 길을 걷는다.

시간아!

_이제는 네가 내 길 뒤로 따라올 수 있기를 바란다.

Episode. 24
오늘만 견디자.

버티고 견디다 보면 결국 더 강해진다.
당장이라도 좌절하고 무너질 것 같더라도

단, 오늘만 견뎌라.

오늘만 버티고 견딘다는 마음으로 하루를 보내고 다음
날도 그 다음 날도 하루씩만 버티다 보면, 그 하루들이
모여 하나가 되어 어느덧 자신을 더 강하게 만든다.

더 단단해 진 내가 되어 그날들을 추억할 무렵이 되면,
그 힘들었던 하루들은 그저 자신을 강하게 만들어준
성장 과정 속 하루였을 뿐이고 버텨낸 자신이 뿌듯할
것이다.

힘든 삶에서 벗어나려는 노력, 대처하는 방법,
극복하는 과정을 모두 겪어본 자신은 더 이상
쓰러짐이 두렵지 않고 쓰러진다 한들
다시 일어날 것이다. 극복해봤으니.

_가끔은 무지성으로 버티자.

Episode. 25
처음부터 다시 시작은 없어.

지금까지 해온 게 있잖아,
너가 부정하고 싶고, 의미 없었다고 생각해도,
이미 바꿀 수 없는 과거이고 그 과거들이 쌓여서
지금의 너가 되었잖아.

그런 지금의 너가 과거를 다 지우고
처음부터 다시 시작하고 싶다 생각이 든 것 또한
쌓인 과거들로 만들어진 너의 생각.

그러니 우린 아무리 되돌아가고 싶어도 완전한
처음으로는 갈 수 없어.

처음부터가 아닌 지금부터 한 번 더 해본다는 생각으로,
지금까지 쌓아온 좋고 나쁜 경험과 기억을
모두 거름 삼아 부정하지 말고 인정하고 나아가자.

그리고 우린 처음으로 돌아갈 수 없는 길을 걷는다고
생각하며 자기 삶을 소중하게 다루자.

_인생은 되돌릴 수 없는 일방통행.

Episode. 26
가까워질수록 더 소중하게.

인연이란 정말 소중한 법.
79억 인구 중 한 사람을 마주칠 확률도 적은데,
대화하고 가까워질 확률은 몇이나 될까?

그런 소중한 인연 중에서도 더 깊은 관계로 이어지는
건 운명이라 해도 과언이 아니다.

우린 가까워질수록 경계를 풀고 서로 믿음을 준다.
그러한 믿음은 점차 그 사람한테 기대를 키운다.

이러한 과정에서 신뢰가 쌓이며 깊어지지만
반면, 서운한 감정이 들어도
기대하니까 넘기고 믿으니까 참는다.

하지만, 사람은 감정의 동물이라 쌓이다 보면
어느 순간 터지게 된다.
그 관계가 깊을수록 누적되어 더 크게.

가까운 사람들일수록 믿는 만큼 솔직하게,
사소해도 감사하게,
무엇보다 소중하게 생각하자.

_익숙함에 속아, 소중함을 잃지 말자.

Episode. 27
여유 있는 사람. 두번째 이야기.

없어서(안돼서) 못 하는 사람이 아니라,
있어도(되지만) 안 하는 사람이 되고 싶다.

없어서 못 하면 미련이 남고 열등감을 느끼며
자존감만 내려간다.
결국 감정적인 선택과 결과는 후회로 돌아온다.

있어도 안 하는 건 자신감과 여유가 생겨
더 이성적이고 현명한 판단을 한다.
결과도 미련 없이 받아드린다.

없는 상태에서 되게 하려 애쓰지 말고,
먼저 있는 상태로 만들 생각부터 하자.

_뭐가 먼저고 나중인지 판단하길.

Episode. 28
내 갈길 잘 가련다.

갈 길을 가다 보면 다양한 난관이 있지만
그 난관들을 헤쳐 나가는 것보다 더 어려운 게 있다.

주변 사람들의 언행. 즉, 말과 행동이다.

자신의 길들 잘 가고 있으면 대부분은 응원해주지만,
소수의 사람은 시기 질투한다.
그들은 신경 쓰지 않으려 해도 기분 나쁘게 툭툭
건드린다.

부러워서 그러는 거 다 안다.
그들은 못 하는 거, 안되는 거 난 용기 내서 하고
하나하나 이뤄내 가는 게 질투 나겠지.

자신의 길을 잘못 가고 있으면
그들은 비난과 핀잔을 준다.

자신이 어련히 알아서 후회하며 반성하고 극복하겠지.
진심 어린 조언도 아니고 순간의 상대적 우월감을
느끼려고 나불거리는 핀잔들은
그들부터 필요하지 않은가? 되돌아보길.

그들이 뭐라 하던 줏대 있는 삶과 흔들리지 않는 자세가
중요하다.

_각자의 삶을 존중합시다. 그들이여.

Episode. 29
씹고 뜯고 맛보고 즐기고.

인간은 언어라는 매개체로 정보공유를 하며 소통한다.
언어는 대화를 통해 활용될 수도 있고 글로 남겨 쓰일
수도 있다.

일반적인 일상 상황에서는 서로의 생각과 사고를
전달하기 위해서는 대화나 짧은 문장의 글들만
사용한다.

이러한 언어의 활용도 충분히 가치가 있는 부분이지만,
다양한 정보와 깊은 생각이 긴 문장들로 쓰인 책을
읽는다는 건 인간으로서 태어나 가장 값진 영광을
누릴 수 있는 것이 아닐까.

세상에는 수많은 사람과 경험들 그리고 정보들이 있다.
우리가 죽을 때까지 모든 걸 다 접할 수는 없는
노릇이다.

하지만 책 한 권을 읽음으로써 한 사람의 인생을
경험해볼 수도, 그 사람의 깨달음을 공감할 수도,
새로운 정보까지 모두 느껴볼 수 있다.

어떻게 보면 인간이 진화하며 얻은 가장 값진
결과물이 아닐까 싶다.

_이 세상 모든 책과 글들을 통해
 수많은 인생과 경험을 여행해보자.

Episode. 30
내 사고방식이 모든 사람을 이해할 순 없으니.

살다 보면 가끔 황당한 일이 벌어진다.
자신이 아무리 열린 사고를 가지려 노력해도 상식을
벗어나는 사람들이 있다.

이들을 완전히 틀렸다고는 할 수는 없다.
세상은 넓고 다양한 사람들이 있으니
결국, 다름을 인정하는 수밖에.

그들을 미워할 것도 없다.
평생을 그렇게 살아왔고,
그런 상식 속에서 사는 사람이기 때문이다.

이해하려 할 필요도 없다.
내 사고방식에선 비상식적인데 이해하지 못하는 게
당연할 테니까.

그저 한걸음 물러서서 저런 사람도 세상을 살아가긴
하는구나 하며 바라보자.

다름을 인정하고 모두를 이해하려 하지 말자.
마음 편하게, 상식 통하는 사람끼리 만나고 대화하자.

_세상은 넓고 좋은 사람도 많으니까.

Episode. 31
오직 너로서, 꾸준히.

무슨 일을 하든 꾸준히 하는 게 가장 어렵다.
하나의 목표를 위해 꾸준히 하는 것도,
반복되는 일을 꾸준히 하는 것도,
결국 다 자신과의 싸움이고 인내이다.

꾸준히 해내려면 오직 나로서,
하나의 과정이든 목표이든 완전한 자신의 이해가
필요하다.

내가 정말로 원하는 건지,
반복되는 일이어도 나에게 의미가 있는 건지,
온전히 이해되어야 한다.

무슨 일을 하려던 끈기 있게 하지 못하면 아무것도
이뤄지지 않고 결과를 맺을 수 없는 법.

_계속해서 자기 자신을 이해해야 한다.

Episode. 32
행복을 추구한다는 건, 인생에 전부.

우리의 모든 생각과 행동은
최종적으로 행복을 추구한다.

행복은 눈앞에 가까워 보일 때도 있지만
막상 다가가면 점점 멀어질 때도 있고,
쉽게 찾아올 때도 있지만 금방 날아가 버릴 때도 있다.

우리는 항상 행복할 순 없는 건가?
최소한, 원하는 때에 원하는 만큼 행복할 수는 없는
건가?

우리가 사는 세상에서는 아쉽게도 없는 거 같다.

불행할 때가 있기에 행복함도 느낄 수 있는 거고
행복한 때가 있기에 불행도 이겨낼 수 있는 게 아닐까.
그래서 난 행복에 평균값을 올려 보려 한다.

불행을 유발할 만한 것들을 줄이고
행복을 갖다 줄 씨앗들은 많이 뿌리는 거다.
소소한 행복부터 값진 행복까지 모두.

그 방법은 이미 우리 모두 알고 있다.
살면서 가장 행복했던 순간,
당장 최근에 행복했던 순간을 떠올려보자.

사실,
이미 행복한 일을 떠올리는 것만으로도 행복해진다.

_행복은 전부다.

Episode. 33
바보가 아니지만, 가끔은 바보처럼.

같은 실수를 반복하거나 멍청한 판단을 하는 걸
바보 같다고 한다. 대부분 바보처럼 산다는 건 인생에
도움이 되지 않는다고 생각하기 마련이다.

그래도 가끔은 바보같이 살고 싶다.

내가 원하면 같은 실수도 여러 번 해보며 더 많은 걸
깨닫고,
멍청해 보이는 판단도 해보면서 그 영역을 알아가고
싶다.

실패를 하자는 건 아니다.
바보 같은 선택을 한다고 실패하는 건 절대 아니다.
실수나 멍청한 판단이라도 우선 해보고 반복하더라도
아무것도 하지 않는 것만큼 바보 같은 건 없다.

바보같이 산다고 세상이 무너지진 않는다.

사람이기에 같은 실수인지 알면서조차 반복하게 되고
그 과정에서 더 진하게 깨달음을 얻는다.
더 나아가 그 과정을 보내며, 전에는 실수였던 선택이
시간이 지나 좋은 선택이 되는 경우도 있다.

바보같이 사는 게 좋다.
정형화된 세상에서 가장
나 다운 순간을 산다는 걸 느낀다.

가장 용감하고 나 다운, 바보 같은 선택을
계속할 수 있는 나로서 살고 싶다.

_어쩌면 가장 나 다운, 바보.

Episode. 34
어제, 오늘, 내일.

오늘의 너와
내일의 너가 바라보는 어제의 너는
생각이 다르다.

우린 다가오는 시간에 충실하며 산다.
미리 겪어볼 수 없는 한 치 앞도 모르는 삶을
살아간다.
지금까지의 경험과 깨달음으로
1분 1초를 어떻게 나아갈지 결정하고 행동한다.

어쩌면 오늘의 너가 최선의 선택했다는 생각이,
내일 너의 생각에서는 아니었다고 생각할 수 있다.
그 작은 하루에도
우리는 경험과 내공이 쌓이기 때문이다.

우리는 매 순간 최선을 선택한다.

당장 1분 1초를 보내는 오늘의 너에겐
그 선택들이 최선이었음은 분명하다.
그저, 1분 1초가 지나 내일의 너가 봤을 때
아쉬움이 있더라도.

자신을 미워하지 말고 후회하지 말자.
어제에 너도, 오늘의 너도, 내일의 너도,
결국은 너를 위한 최고의 선택들이었음을 잊지 말자.

_모든 순간이 널 위한 시간이었다.

Episode. 35
신기루.

신기루라는 단어의 사전적 정의는
'대기 속에서 빛의 굴절 현상에 의하여 공중이나 땅
위에 무엇이 있는 것처럼 보이는 현상'이지만,

이 단어를 조금 다르게 생각해본다면
'자신의 전반적 상황이 이성적인 판단을 하지 못하는
상황이라 눈앞에 보이는 이익에 넘어가 버리는 것'으로
표현하고 싶다.

우리가 그러한 상황에 부닥쳐있을 땐 결코 객관적인
선택을 하지 못한다.
알면서도 그 상황, 그 순간에선
나중에 후회할 선택을 한다.

이는 신기루처럼 무섭다.

그 한 번의 판단으로 완전히 무너질 수 있기 때문.

침착함을 유지하고 항상 자기 객관화를 하자.
자기의 스타일, 성향을 억누르라는 게 아니다.
판단에 있어서 상황에 흔들려서는 안 된다는 말이다.

판단과 결정은 소신대로 하되
순간의 상황에 흔들리지 말자.
시간이 지나 그 상황이 지나간다면 분명 소신을
지키지 못한 선택에는 후회가 따라온다.

_침착함, 어려운 상황일수록 빛을 보기에.

Episode. 36
책임감.

우리는 자신을 위해, 가족을 위해, 더 나아가
모두를 위해 책임감을 느끼고 일에 열중한다.
수많은 심리적 부담과 힘든 일을 자처했던 아니던
다가오는 일은 책임감 하나로 버틴다.

하지만, 우리가 그 일을 믿고 사람을 믿고 미친 듯이
해도 돌아오는 것이 부질없을 때 그 책임감은 조금씩
줄어든다.

애초에 무언가를 원해서 생긴 책임감은 아니었더라도,
정당한 인정조차 제대로 받지 못한다고 느끼면
자연스럽게 줄어드는 건 어쩔 수 없다.

그러나, 여전히 내면의 책임감은 존재한다.

나의 인생에 일어난 일이 된 이상,
오로지 내 일로써 그 책임을 다하고 싶은 마음은
완전히 사라지진 않는다.

보람을 못 느끼고 책임감에서 점점 멀어지는 그런
악순환은 원치 않는다.
그렇다면 그저 기대를 낮추고 책임감만 일방적으로
불태워야 하는 건가?

절대 아니다.
아예 다른 관점에서 이 문제에 접근해보자.

**책임감에만 연연하지 않고 인생에 큰 흐름을
선순환적으로 돌아가게 하는 거다.**
일에 열중하여 좋은 성과를 얻고 보람을 느끼며
다시 더 열중하는 모습으로 선순환을 그려보자.

_내 안에 책임감의 불씨가 꺼지지 않기를.

Episode. 37
보여주기 식 삶.

나란 사람은 다른 사람들에게 어떻게 보이는가?
살면서 다들 한 번씩은 궁금 해봤을 생각이다.
이 세상을 자기 자신 혼자서 살아가는 게 아닌 이상
완전히 신경 쓰지 않고 살기는 어렵다.

무엇이 우선이고 나중이 되어야 하는지부터
생각해보자.

우선 다른 사람이 어떻게 보던
자기가 원하는 삶을 멋지게 살고,
그들이 나를 보는 시선은 나중이 되어야 한다.

하지만, 우리가 이를 어려워하는 이유는
그 모호한 경계를 매 순간 생각해야 하기 때문이다.
가끔은 그들에게 멋지게 보이는 삶 또한 내가 원하는
삶이 되기도 하기에.

애매하고 복잡할수록

단순하게 생각하면 쉽게 답이 나온다.

자신이 봤을 때 멋진 삶부터 살아보자.

그러면 주변에 날 멋지게 보는 사람들이 남을 것이며,

멋지게 보이는 삶은 자연스레 따라오게 되겠지.

_뭐가 먼저고 나중인지.

가장 어렵지만, 생각보다 쉽다.

Episode. 38
과거의 너가 있기에, 지금의 너가 있다.

우리가 살아온 과거에는 다시 느끼고 싶은 행복부터,
고치고 싶은 후회까지 다양하게 존재한다.

시간이 흐르면 자신의 기억 중 대부분의
나쁜 기억들은 미화되거나 지워지고
좋은 기억들 위주로만 남는다.

나쁜 기억은 본능적으로
자신을 위해 잊으려 하는 것이다.

하지만 후회는 정말 쉽게 지워지지 않는다.
그 단어 뒤에는 보이지 않는 미련, 아쉬움, 슬픔이란
단어가 뒤따라서 그렇다.

후회를 이겨내고 극복하려면,

더 이상 '후회' 뒤에

미련, 아쉬움, 슬픔을 나열하지 말고

경험, 성장, 기회라는 단어를 놓아보자.

과거에 너가 그런 선택을 하고 경험하고 후회했기에

지금의 너가 존재하는 것이다.

_행복한 과거는 믿음이 되고,

 후회하는 과거는 길잡이가 된다.

Episode. 39
환경이 나를 만드는가, 내가 환경을 만드는가.

세상에 태어나는 순간 모든 사람은
각자의 주어진 환경이 존재한다.
우린 그 환경을 선택할 수도 없고, 타협조차 못 한다.
주어진 환경은 기본적인 자아를 형성하는 데 있어 큰
영향을 끼친다.

우물 안의 개구리처럼 그 환경 속에서만 적응하게
되고 모든 생각과 사고방식도 국한된 환경 속에서
이뤄지게 된다.

이런 인과관계는 환경이 나를 만든다고
결론지을 수 있다.
하지만, 그 누구도 지금의 환경과 자신을
완전히 만족하는 사람은 없다.

성장할수록 자신의 환경을 바꿀 변곡점을 마주한다.
살면서 한번쯤은 들었던 생각,
'난 이렇게 살고 싶다.'
'이런 삶을 사는 사람이 되고 싶다.'
같은 생각이 드는 그 순간이 바로 변곡점이다.

그때부턴 자기가 자신의 환경을 만들 시기가 온
것이다.
지금의 나에게 주어진 환경에 만족하지 못한다는 건
더 나은 삶을 원하는 인간의 기본적인 욕구이자
성장의 첫 걸음이다.

자신의 환경이라는 거대한 존재는 절대로 한 순간에
바뀌지 않는다. 지금의 환경에서 정말 작고 사소한
부분부터 바꿔 나가야 한다.

삶은 나비효과처럼 작은 행동도 나중에는 큰 영향으로
돌아오기에 사소한 부분부터 모든 환경까지 바꿔 나갈
수 있게 하자.

_지금까지 환경이 나를 만들어주었다면,
이젠 내가 환경을 만들 때가 되었다.

Episode. 40
인생 과몰입 금지.

'지나 보면 별거 아니었다.'라는 생각을 해본 적 있지 않은가?

삶을 나아가는 데 있어서 수많은 난관과 고비를 마주한다. 그러한 순간들을 마주할 때면 우린 최선을 다해 헤쳐 나아가기도 하고 자포자기 하며 현실을 받아들일 때도 있다.

난관과 고비를 헤쳐 나간다는 건
경험을 쌓고 성장한다는 뜻이고
현실을 받아들인다는 건
더 큰 성장을 위해 한발 물러서는 것이다.

하지만, 그 시기만 놓고 본다면 우리는 순간의 일에 과몰입하게 되곤 한다.

정말 중요하기에,
그 일로 남은 인생이 모두 좌지우지될 것만 같은
마음에, 더 큰 미래는 눈에 보이지 않게 된다.

열정을 갖고 몰입하는 건 분명 좋은 일이지만
그 정도가 심해지면 인생의 전체를 보는 시야가
좁아진다.
자신의 객관적인 사고 또한 등한시되어 버린다.

우리는 앞으로도 수많은 난관과 고비들을 마주한다.
분명히. 그리고 그 또한 지나갈 것이 분명하다.

지나가고 돌아보면 역시나 별 게 아닐 것이다.
다 극복하고 난 성장했으니.

절대로 그 순간에 과몰입되지 말자.

그 순간일 뿐인데 너무 상처받고 좌절하게 된다.

인생은 순간만 사는 게 아니므로

너무 휘둘리지 않았으면 좋겠다.

_과몰입 금지는 인생을 롱런하는 하나의 방법.

토막글 No.2

진심은 후회를 남기지 않는다.
당장 실행하라.

진심이 이끄는 방향대로만 걸어라.
유혹이 이끄는 방향은 뱅뱅 돌아 결국 낭떠러지다.

Episode. 41
올바른 시기를 아는 사람.

'인생은 타이밍이다'라는 말이 있다.
난 이 말에 50 퍼센트 정도 공감한다.
절반만 공감한다 해도 틀린 말은 절대 아니다.

10 대에 입시를 준비하는 것도,
20 대에 취업을 준비하는 것도,
30 대에 결혼을 준비하는 것도,
대부분 그때가 가장 최적의 시기라고 생각하기
때문이다.

위에 말한 것들은 극히 대중적이고 일반화된 시기이다.

하지만, 각각에 사람에 있어서 정답인 시기는 없다.
사회가 만들어 놓은 틀은 이상적이며 안정적일 수는
있어도, 무조건 따를 필요는 없다.

대신 우리는 자신의 타이밍, 올바른 시기에 있어서
확신을 가질 수 있어야 한다.

미래는 예측할 수 없으므로 과거에는
올바른 시기라 생각 들었지만,
지금 와선 틀린 시기였다고 생각들 수도 있다.

그래서 정확한 타이밍을 맞춘다는 생각보단,
이때다 싶을 때 자신에게 완전한 확신을 해야 한다.

올바른 시기는 곧 확신이 드는 시기라는 것이다.
비록 그 시기가 틀렸더라도 확신이 들었던 때는
절대 후회가 남지 않는다. 되려 그때 아무것도 하지
않았다면 그것이야 말로 진정한 후회가 된다.

확신이 드는 상태에선 '인생은 타이밍이다'라는 말속
나머지 절반의 의미도 채워진다.

바로 우리가 올바른 타이밍으로 만들면 된다.

10 대에 취업을 준비해서 젊은 나이에 성공할 수도,
20 대에 결혼하여 더 일찍 안정된 가정을 꾸릴 수도,
30 대에 결혼을 미루고 자유로운 자신만의 삶을 더
누릴 수도 있는 것이다.

_인생의 올바른 시기는 결국 자신이 만드는 것.

Episode. 42
수 많은 가치관들 속에서 자신의 신념 지키기.

이 넓은 세상엔 각양각색의 생각과 사고를 하며
살아가는 사람들이 뒤엉켜 살아간다.
그 수많은 사람 중 한 명으로써 산다는 건
여간 어려운 일이 아니다.

개개인의 가치관은 지문보다도 가짓수가 많다.
세상에는 절대로 100% 일치하는 가치관을 따르고
있는 사람은 없다.

수많은 가치관과 자신의 가치관이 다른 가치관들과
만나고 충돌하다 보면,
어느 순간 자신의 가치관과 더 나아가 신념조차
흔들릴 수 있다.

하지만 음과 양이 있고 낮과 밤이 있듯이,
자신의 가치관과 다르더라도 어느 한 부분이 잘
맞으면 큰 시너지 효과를 내며 이루어질 수 있고
많은 부분이 맞아도 결정적인 한 부분이 안 맞으면 그
누구보다 싫은 원수가 될 수도 있다.

우린 자신의 강한 신념을 쥐고 단단하게 살아가야
한다.
우리의 신념, 가치관이 쉽게 흔들려서는 안 된다.

자신의 가치관을 먼저 두고,
많은 부분이 맞더라도 내 가치관을 흔드는 사람이라면
과감히 멀어지자.
많은 부분이 다르더라도 내 가치관을 뚜렷하게 만드는
사람이라면 더 용기 있게 다가가자.

_세상에서 가장 소중한 생각은 자신의 생각이기에.

Episode. 43
당연한 생각을 가장 되새기자.

이미 수없이 느끼고 당연해진 생각은
시간이 지나 당연해질수록 자주 떠오르지 않는다.

어찌 보면 당연해진 생각들은
그만큼 중요한 깨달음들이고 지금의 나를 만들게 해준
생각들인데, 이미 알고 있으니까 너무 당연하게
생각하여 망각하는 경우가 많다.

'익숙함에 속아 소중함을 잃으면 안 된다.'라는
누구나 공감하는 말이 있다.
우리가 직접 경험하며 깨달은 생각들도 마찬가지다.

익숙한 생각들이 가장 소중한 생각들이기에,
우린 망각하는 순간 가장 소중한 깨달음들을 같이
잊게 되는 것이다.

새로 얻는 깨달음도 중요하지만, 지금까지 날 만들어준
깨달음부터 차분히 다시 돌이켜보자.

어느 순간부터 그 깨달음들은 너무나 당연해져
분명 같은 실수를 하고 성장이 아닌 그대로의 자신을
보게 된다.

_세상에 당연한 생각은 없다. 꾸준히 되새기자.
_익숙하고 편할수록 더 소중하게.

Episode. 44
다 부질없다는 생각.

우리가 투자하는 노력과 그에 따른 기대는 비례한다.

모든 일들이 노력한 만큼 정직하게 결과가 나온다면
세상에 존재하는 갈등의 절반 이상은 사라지지 않을까.

다들 노력해서 기대하게 되고, 그 결과가 만족스럽지
못할 때 그 기대는 절망으로 돌아오게 된다.

결과에 대한 배신감, 노력이 부족하였었나 싶은
실망감과 같은 여러 생각 속에서 다 부질없다는
생각마저 든다.

살다 보면 정말 부질없었던 노력도 많았지만,
기대에 걸맞은 결과가 나온 적도 분명 많았다.
가끔은 기대 이상의 결과를 마주한 적도 있었으니.

부질없다고 생각해서 아무것도 안 한 너가 아니기에,
아무것도 안 해도 살아갈 수 있는 세상이 아니기에,
분명 다시 기대를 걸고 노력해야 한다.

받아드리자. 부질없을 때도 있지.

_그래도 다시 한번 기대를 걸어본다.

Episode. 45
있어도 없는 듯한, 공허함. 두번째 이야기.

가슴이 텅 빈 것만 같은 느낌.
원하는 걸 얻어도 결과를 쟁취해도 남는 그 공허함.

욕심이 과한 걸까? 만족을 못 해서일까?
확실한 건 정말로 원했던 게 아니기 때문이다.

결과에 있어서
과정이 원하던 대로 이뤄진 게 아니거나,
정말로 꿈꿨던 결과가 아니란 거다.

아쉬운 대로 만족하고 쟁취했다고
아무리 자기합리화를 하여도,
마음속 깊숙하게 있는 솔직한 마음까진
속일 수는 없다.

공허함에 시발점은 결국 자신한테 솔직하지 못한
내가 아니었을까.
진심으로 원하는 마음 그대로 처음부터 채워보자.

_완전히 사라질 때까지.

Episode. 46
해봤어?

터무니없는 일도 직접 해보기 전까진 그 진가를
모른다.

그 일이 한보 후퇴시킬 경우가 다분하더라도 실패
뒤엔 다섯 보 전진시킬 기회가 오기도 한다.

다수는 한보 후퇴할 생각에 두렵기도 하고 용기도
나지 않아 도전 없이 안전한 길을 택한다.
하지만, 이는 결국 한보씩밖에 전진하지 못하는 뻔한
길이란 걸 명심하자.

터무니없어 보여도, 세 번 네 번 실패해서
세 보 네 보를 후퇴하더라도 계속해서 부딪혀보는
정신이 중요하다.
그중 한번은 남들이 가지 않은 길로 감으로써 다섯 보,
그 이상의 성공을 거둘 기회를 만드는 시발점이기에.

해봤어?

직접 해보기 전까진 가지는 물론 그 누구도 모르는
일이다. 난 다섯 보 전진할 생각에 한 두 보 물러날
두려움은 내게 더 큰 자극제가 된다.

해보자.
뭐든지 부딪혀보는 삶을 살자.
무너지지만 않으면 백 번이건 천 번이건 해보자.
가만히만 살다 죽는건 삶의 존재를 부정하는 것이며,
자신의 가치를 세상에 맡기는 것밖에 되지 않는다.

_한 번도 안 하고 후회하는 것보다 100번하고 99번
  후회하기를 택한다. 마지막 1번의 성공은 99번의
  후회를 경험과 내공으로 만들어 줄 것이 분명하기에.

Episode. 47
끊을 줄 아는가? 모르는가?

무언가를 그만둬야겠다는 생각이 들 때,
왜 좀처럼 쉽게 그만두지 못하는 것일까?

그만두는 방법을 몰라서일까?
당연히 그럴 수 있다. 이미 너무나 익숙해서 그만두는
방법조차 잊어 엄두조차 안 날 수 있다.

하지만 끊는다는 건 방법이 필요한 것이 아니다.
기존에 일을 그저 하지 않으면 되는 것이 끊는 것이다.
끊으면 그 빈 곳을 뭐로 대체하지, 뭐로 보상할 건지는
나중의 문제란 말이다.

나중의 문제인, 보상과 방안들만 생각하다 보면
끊은 이후가 감당이 안 될 것만 같은 불안감만 더
키우게 된다.

결국 그 불안감은 끊고자 하는 나의 의지를
꺾어버리며 다시 우린 변함과 성장이 없는 익숙하고
편한 삶에서 헤어 나오지 못하는 것이다.

그만둔 나의 삶이 두려워서?
그만두지 못한 나의 삶은 두렵지 않은가?

왜 당장 내일만 보는 삶을 살까.
하루하루만 편하고 행복한 삶은 왜 그 끝이
어두워만 보일까.

좋고 편하기만 한 하루, 방향 쾌락은
어쩌면 죽음을 향하고 있다는 생각까지 든다.
하루씩만 바꾸고 그 방향을 1도씩만 바꿔서 추구하는
행복의 틀을 바꿔보자.

_하루, 하루. 끊는 게 행복하다고 느낄 때까지.

Episode. 48
모든 걸 내려 놓는다는 건.

모든 일에는 양면성이 존재한다.
무언가를 얻으려 한다면
무언가는 잃을 각오 또한 해야 한다.

하지만, 인간의 본성이 그렇듯 지금의 상태에서 얻고
싶은 것들은 많지만 잃고 싶은 것들은 없다.
더 나아가 정말 하나를 포기해야 할 때면 수많은 가지
수를 계산하여 가장 아깝지 않은 것을 포기한다.

참 이기적이지 않은가? 크고 많은 걸 원하면서
어떻게든 작은 포기만 하려는 자세를 취한다는 건.

정말 원하는 것이 있다면
모든 걸 다 내려놓을 자신이 있어야 한다.
모든 걸 내려놓는다고 해서
아쉽거나 두려워할 필요는 없다.

모든 걸 내려놓을 용기가 없으면 정말 원하는 것이
아니고 그저 욕심이 아니었나 생각해보고,
완전한 자신의 것들은 잠시 내려놓는다고 해서 쉽게
사라지지 않으니 아쉬워할 필요도 없다.

모든 걸 내려놓는다는 건,
자신이 억지로 쥐고 있던 건 알아서 놓아지고,
자신이 진심으로 원하는 걸 얻을 기회이다.

_어쩌면 바람이 있는 자의 기본자세가 아닐까.

Episode. 49
연명하는 인간관계.

'연명'은 목숨을 겨우 이어 살아가는 것을 말한다.

당연히 건강한 삶을 사는 사람에게는
멀리 느껴지는 단어지만,
건강한 사람도 목숨이 아닌 다른 것 중
연명하며 살아가는 게 있지 않는가?

'목숨' 다음으로 어울리는 단어로
'인간관계'를 꼽고 싶다.

인간관계를 연명한다는 그것만큼 힘들고 아픈 게
있을까. 관계라는 건 서로 간의 대화와 마음이 오고
감으로써 형성된다.

이 관계를 연명한다는 건,
자신이 놔 버리는 순간 끊어질 게 분명하지만 아무리
힘들어도 관계가 끊어지는 것보단 아프지 않을 거라
믿고 버티는 거다.

하지만, 같이 잡고 있어도 풀어질 수 있는 것이
인간관계인데 한쪽만 잡고 버틴다면
잡는 사람과 잡힌 사람 모두 힘들다.
되려 서로가 잠시 떨어져 지켜보는 것보다 못하다.

연명보단, 운명을 기다리자.
잠시 손을 놓아도
운명인 사람은 곁을 떠나지 않을 것이니.
그리고 때가 되면 서로 그 손을 잡을 시간이 오겠지.

_그런데도,
 인간관계를 연명하고 싶은 사람이 있다는 건.

Episode. 50
끝없는 갈망이 끝없는 결과를.

간절함은 성장을 위한 기본자세다.
어떠한 결과도 간절함이 없다면 이루기 어렵다.
계속해서 부족하다고 생각하며 더 채우고,
이루고 싶은 간절함은 끝없는 갈망으로 나타난다.

그러한 마음가짐으로 살다 보면
쥐도 새도 모르게 한둘씩 이뤄지고 있음이 분명하다.

당장에 결과가 눈에 보이지 않아도,
계속해서 작은 결과들은 만들어지고 있다.

작은 결과들은 시간이 흘러 어느 순간 뒤돌아봤을 때,
성장했음을 느낄 수 있는 거대한 결과물이 되어
반겨준다.

하지만, 그 순간이 오면 겸손한 자세로 인지해야 한다.
갈망은 더 큰 갈망을 낳고 어느 순간 욕심으로 변한다.
갈망이 과욕으로 변하는 순간 성장이 아닌 퇴보를
부른다.

_끝없는 갈망은 성장의 불을 위한 장작이 되지만,
 과욕이 된다면 불씨가 화마가 되어 다 삼켜버리기에.

Episode. 51
처음부터 대단한 건 없다.

사람이나 사물을 볼 때,
우리 눈에는 완성된 결과가 먼저 들어온다.
대단한 결과를 동경하는 경우는 있어도,
그 과정을 먼저 헤아리는 경우는 드물다.

그렇다 보니 작은 과정들의 중요함을
간과하는 경우가 많다.
어쩌면, 간과를 넘어서 무시하는 경우도 있다.

작은 행동들은 100 번을 해봐도 큰 변화를 주지 않을
것만 같고, 실제로도 그 변화는 매우 미비한 경우가
대부분이다.

이런 결과를 마주하면 우린 다시 익숙하고 편한
같은 행동을 반복하는 자신으로 돌아가고 싶어 한다.

하지만 작은 100 번의 행동은 곧 변화의 시작이다.
큰 변화가 없었더라도,
확실하게 이룬 건 하나 있다.
100 번의 행동을 의식하며 했다는 것.

의식적인 100 번의 행동은 아무리 작은 행동일지라도
하나의 습관이 되어 1 번째에 했을 때보다
101 번째는 무의식적으로 행동하고 있는 자신을 볼 수
있다.

당장의 결과는 미비하더라도,
작은 행동이 습관의 변화를 만든 것이며,
습관의 변화는 자신의 변화로 이어지고
결국 창대한 결과로 나타난다.

_행동하자.
 성공으로 향하는 긍정적 습관을 만들자.
 그럼 결과는 따라온다.

Episode. 52
미친놈.

살면서 한 번쯤은 미친놈처럼 살고 싶다.

정신이 나간 것처럼.
공부를 안 하던 사람이
다양한 분야의 자기 계발에 힘쓰고,
매일 술 마시던 사람이 매일 운동을 하고,
말수가 적은 사람이 타인과 인터뷰까지 하는.

**말 그대로 본래의 자신이 미치지 않고서 할 수 없는
영역을 부숴보는 거다.**

미치지 않고서 맨정신에는 절대로
경험하고 느껴보지 못할 그 영역은
마치 미지의 세계처럼 가보고 싶은
호기심이 분명 존재한다.

궁금하다. 미쳐서.

자기 계발을 하면서 새로운 재능을 찾는다면,
운동이 일상이 되어 새로운 취미가 된다면,
100명의 사람을 인터뷰해 생각의 사고까지
넓어진다면,

말 그대로 미치지 않고서 저럴 순 없겠지.

한 번은 꼭 미칠 생각이다.
100세 인생에 단 1년 정도만이라도 미친놈이 되어
99년 동안 가보지 못할 인생에 미지의 영역에 발을
들이고 싶다.

_어쩌면, 미쳐서 글도 쓰고 있다.

Episode. 53
낭만을 찾아서.

2021년 겨울 어느 날 밤, 첫눈이 내렸다.

1년이 지나고
다시 첫눈을 마주하기까지 삶 속에선 낭만이란 걸
찾을 여유도 없었고,
느낄 이유도 없었다.

소중한 20대에 1년이 어떻게 된 걸까.

평평 내리는 눈을 보며 내쉬는 한숨과 나온 입김
속에서 낭만이란 게 어렴풋이 보였다.

하늘에서 이렇게 눈을 뿌려주면 그제야 낭만을 느끼는
삶은 꽤 피폐했다. 어쩌면 썩어갔다. 슬펐다.

낭만이란 무엇인가.

현실에 매이지 않고 감상적이고 이상적으로 사물을
대하는 태도나 심리.

너무나 고된 현실을 살고 있다 보면 감상적이고
이상적인 심리가 나올 여유가 없다.

낭만이란 건, 억지로 만들 수도 없고 느낄 수도 없다.

그래서 1년 만에 찾아온 낭만에 정말 감사하다.
점점 낭만이 찾아오는 삶으로 회복하는구나, 싶어서.

_어쩌면 낭만 가득한 삶이 이상향일까.

Episode. 54
진심은 통한다.

세상을 살다 보면 예상치 못한 상황을 겪기도 한다.

원치 않아도 꼭 해야만 앞으로 나아갈 수 있다면,
과감히 도망가지 않고 맞서 싸워나가야 한다.
이왕이면 그런 상황에서는
진심을 다해보는 걸 추천한다.

절대 쉬운 일은 아니다.
원하지 않는 일에 진심을 다한다는 건 매우 어려운
일이라서 누구나 굳은 각오가 없이는 성공하기 분명
힘들다.

그런데도, 피할 수 없는 일이면 딱 한 번만 진심을
다해보는 걸 추천한다.
'피할 수 없으면 즐겨라.'라는 말까지 바라지 않는다.
하기 싫어도, 힘들어도 한 번만 죽어라 부딪혀보자.

만약 진심으로 그 상황에 임했다면,
그 상황에서 무너졌더라도 경험을 통해 자신을
되돌아보는 중요한 깨달음을 얻으며,
마음을 다했던 진심을 다했던 그 순간들은 전혀
낭비했다는 생각은 들지 않는다.

그 상황을 헤쳐 나갔다면,
자신의 한계를 깨부수는 성공을 쟁취함으로써 새로운
자신을 발견하는 기회가 되고 다음으로 다가올 난관을
헤쳐 나갈 때 자신감과 현명한 사고를 가능케 하는
값진 경험이 된다.

진심은 어떤 상황, 방식, 결과적으로도 성공을 향한다.

자기가 사랑하는 일부터 해야만 하는 일까지 다
진심을 다해보자. 그럼 이 세상에 의미 없는 일은
없다.

_힘든 시간도 진심을 다한다면
  결국 행복으로 귀결된다.

Episode. 55
가족 빼고 다 바꿔.

문득. 故 이건희 회장이 했던 명언이 떠오른다.

현재는 누구나 인정하는 세계적인 휴대폰 제조사도,
한때 엄청난 불량률을 기록하며 양질의 제품을 내놓지
못했다.

이때, 이건희 회장은 "와이프랑 자식 빼고 다
바꿔"라는 강한 어조의 발언을 했다.

혁신적인 변화와 이를 통한 성장을 하려면
기존에 있는 모든 걸 과감히 버리고
다 바꿀 용기가 필요하다.

기존에 존재하는 것들이 주는
수많은 행복과 이익을 다 버릴 배포가 필요하다.

미련 속에서 아까워하지 말고, 아쉬워하지 말자.
좋은 기억만 남은 주관적 기억에 집착하지 말자.

가족 빼고 다 바꿨을 때,
다가올 그 변화와 성장에 비하면
지금 쥐고 있는 것들은 티끌에 불과한 것들이기에.

그때 그 시절 삼성전자가 수백 대의 불량제품을 모두
태워버리며 다 바꾸겠단 생각을 하지 않았다면,
한때 경쟁자였던 LG 휴대폰처럼 아예 사라져 버렸을
수도 있다.

먼저 모든 걸 바꾸느냐, 아니면 모든 게 바뀌는가.
바꿀 힘이 있을 때 바꿔야만 한다.
바뀌는 날이 오면 그땐, 더 이상 존재하지 않는다.

_정말 가족 빼고 다 바꿔.

Episode. 56
불안감이 사라지는 그날까지.

마음속에 자리 잡고 있는 불안감은
평생의 동반자인가?

이 불안감은 미래에 대한 불확실성,
그리고 다가올 고난에 대한 두려움이라 생각한다.

한 치 앞도 모르는 게 인생이고 이러한 불안감이
싫어서 한 치 앞 정도는 예측할 수 있는 인생을
살려고 노력하지만, 그래도 세상은 수많은 경우의 수로
날 불안하게 만든다.

그렇다고 절대로 세상 탓만 하고 살 수는 없다.
불안감을 인정하고 침착하게 받아들이는 자세가
필요하다.

하지만, 불안감은 근본적인 문제들이 해결되지 않는 한 완전히 사라지기 힘들다.

미래의 불확실성이
최소한의 가닥은 보이는 정도가 되어야 하고,
다가올 고난의 정도 또한 예측은 되어야 한다.

불안한 상황에서는 절대로 혼자서 노력한다고 해결되지 않는다. 우리가 미래로 가서 확인할 수도 없고 먼저 경험해본 사람들의 조언을 들어도 자신 또한 완벽히 그 상황인 경우는 없기에.

결국 우리는 불안감을 받아드리는 수밖에 없다.
침착한 마음으로 그 미래가 올 때까지 준비하자.

이번 에피소드는 확실한 현명한 답이 없다.

불안한 미래를 마주하는 사람만큼
고통스러운 사람이 있을까.
상상은 더 큰 상상을 불러오듯이 불안감도 더 큰
불안감이 되어 다가오니까.

결국 드는 생각은,
'그래. 난 지금 두렵다. 그리고 불안하다.'
'그래. 당장 할 수 있는 게 없다.'
'1분 1초 시간이 지나 그때가 올 때까지 내 마음을
인정하고 기다리자.'

막상 부딪혀보면 죽을 만큼 힘들었어도 죽지는 않더라.
과거에 극복한 불안감들을 생각하면서
이번의 불안감 또한 그중 하나일 뿐이라 위로하자.

_아직 불안감에 무너진 적은 없다.
  그렇기에 이번 불안감도 마주하게 된 것이니까.

Episode. 57
예외를 두면, 핑계가 된다.

자신의 소신을 지키고 신념을 확실히 하려면,
어떠한 상황에서도 예외를 둬선 안 된다.

굳게 믿고 있는 마음을 100번 유지하더라도
그 믿음에 단 한 번이라도 예외를 만들면
쌓아온 100번 또한 결국 지키지 못한 신념이 되기에.

결국 지키지 못한 신념에
자신에게 실망하게 되고
핑계로 자신을 용서한다.

진정한 자신의 신념이라면,
우리의 목숨이 끊어지는 그날까지
단 한 번에 예외도 있어서는 안 된다.

_자신의 신념에 핑계로 보답하는 건 비참하지 않은가?

Episode. 58
경지에 도달하면 두려울 게 없다.

많은 연습과 충분한 준비가 되어
자신 있는 상태에서는,
어떤 고난도 그저 부딪히면 된다.

수많은 경험과 노력의 내공만이 두려움을 이겨내는
유일한 방법이다. 의식하지 못할 만큼 노력이 일상이
되어 살다 보면 경지에 도달하는 순간이 온다.

그 경지는 도달해야만 비로소 깨달을 수 있다.

경지에 올라 두려움이 없는 자신감을 한번 경험해보면,
또 다른 역경을 넘기 위한 노력도 자신 있게 임할 수
있다.

두려움과 자신감은 상대적이기에
자신감이 높아지면 그만큼 두려움도 사라진다.

_만약 한 가지 두려운 게 있다면
 단 하나, 자신이 나태해지는 것이다.

Episode. 59
고통은 고농축으로.

많은 사람은 일상에서 일어나는 다양한 경험으로
자연스럽게 성장한다.
하지만, 시간이 흐르면서 자연스럽게 성장하는 건
기존의 자신을 크게 성장시키지 못한다.

확실하게 자신의 수준을 높이고 싶다면
시간과 경험이 아닌 고통스러운 노력이 필요하다.

**고통의 시간은 성장을 위해서 무조건 필요하기 때문에
그 시간을 짧고 굵게 가져갈수록 유리하다.**
만약 고통의 시간을 얇고 길게 가져간다면,
실패할 확률도 덩달아 높아진다.

절대적인 시간은 계속해서 흐르는데 변화하는 모습이
없다면 점점 의지도 줄고 무뎌지며 그 결과는 조금의
노력은 했으니 괜찮다는 자기합리화와 위로로 끝난다.

결국 고농축으로 자신을 고통 시키지 못하면,
성장은 고사하고 실패하는 매 순간 잔잔하게 자신에게
고통을 주며 살아가는 인생뿐이다.

_잔잔한 고통이 몰아서 다가오는 순간,
 그때도 자기합리화가 가능할 거로 생각하니?

Episode. 60
삶을 대하는 자세.

인생은 물 흐르는 데로 살되,
그 물줄기의 방향은 자신이 만들어야 한다.
가장 어렵지만, 꼭 필요한 자세다.

흐르는 물을 거스르려 한다면 스트레스만 받고
정해진 방향으로만 흐르는 건 주체적인 삶이 아니다.

우리가 사는 세상은
노력만으로 다 이뤄지지 않고,
천운만으로 다 이뤄질 때도 있다.

모두가 정해진 운명으로 산다고 생각하진 않지만
각자의 가치관을 기본으로 하고 살기에
정해진 틀은 존재한다.

결국 물 흐르는 데로 살되, 자신의 틀을 바탕으로
원하는 방향으로 흘러가게 만드는 자세가 최선이다.

_세상과 타협하자는 말은 아니다.

토막글 No.3

줄 수 있는 사람.

상대한테 얻고 싶은 걸 바라며 주는 게 아니라,
자신이 여유가 있어서 선뜻 베풀 수 있는 사람.

더 나아가 작은 웃음부터 행복,
사랑까지 진심으로 줄 수 있는 사람.

_진정한 능력은 타인을 통해서가 아닌 오직 자신의
노력에서부터.

Episode. 61
다이내믹한 인생.

경험.

다양한 경험만이 가치관을 넓히고 성장의 대표적인
덕목이라 생각한다.

하지만, 평탄한 삶을 유지하기 어렵다.

욕심.

삶이 평탄하게 흘러가면 반대로 마음은 불안하다.

이렇게 평탄하게 삶이 흘러가는 것이 옳은 것인가?

새로운 경험을 통한 성장의 기회를 놓치고 있는 게
아닐까?

아니면 그저 지금의 삶에 만족 못하는 욕심인가?

강박.

누구나 하나씩 강박적인 부분이 있다.

그 중 가만히 있으면 안 될 것 같은 강박은,

성장하지 않으면 도태될 것만 같은 마음을 만들어

계속해서 새로운 시도를 하게 만든다.

인내심.

같은 일을 평탄하게 하더라도 성장이 없는 건 아니다.

인내심을 갖고 꾸준히 하다 보면

결과는 바로 보이지 않더라도 어느 순간 나온다.

하지만, 인내심이 부족하면 결과가 나오기 전에 다른

길을 바라본다. 결국 새로운 길로 방향을 틀게 되고 그

자체로 안심해버리는 과오를 범한다.

_얻는 게 있다면, 잃는 게 있는 법.

Episode. 62
이득의 원근법.

당장 눈앞에 있는 작은 이익에 넘어가지 말자.
자잘한 이익만 신경을 쓰다 보면,
본질적인 이익을 놓치는 경우가 다분하다.

'이득'이라는 개념을 원근법에 비교해보자.

이득을 하나의 구체로 보았을 때,
눈앞에 있는 이득은
작은 구체에 불과하지만 바로 앞에 있기에 커 보이고
멀리 있는 본질적인 이득은
거대하지만 멀리 있기에 작아 보인다.

같은 선상에서 보았을 땐 원근법에 의해
그 크기의 가늠이 어렵더라도 눈앞에 이득과
멀리 있는 본질적 이득의 크기를 오판하지 말자.

하지만, 눈앞에 작은 이득을 취하면
본질적인 이득은 점점 더 멀어진다. 그러므로,
본질적 이득이 얼마나 큰지도 점점 깨닫기 어려워진다.

눈앞에 이득에 넘어가지 말자.
과감히 포기해라, 눈앞에 있는 이득이 더 커 보일지
몰라도 단 한 번만 과감히 포기하고 본질적 이득을
추구하고 자신을 믿어보자.

_정말 모르겠다면, 다른 선상에서 객관적으로 이득의
크기를 봐줄 수 있는 사람에게 도움을 청하는 것도
하나의 방법.

Episode. 63
지나간 인연은 흘려 보내기.

오늘날 한번 맺은 인연은 쉽게 잊기 어렵다.

시간이 지나면 점점 잊혔던 과거와는 다르게,
요즘 사회는 눈에 띄지 않는 것부터 힘들다.
각종 사회관계망 서비스에 근황이 계속 올라오며
그만큼 소식을 접할 기회도 많아진다.

보이지 않아서 생각이 안 나고,
생각이 안 나서 잊게 되며
추억에 한편으로 남는 것이
가장 아름다운 인연에 끝맺음이다.

모든 일은 시작부터 마무리까지 다 중요하다.

인연도 마찬가지.

지나간 인연은 우선으로 보이지 않게 하자.

인연의 마침표를 제 시기에 찍지 못한다면,

점점 서로에게 부정적 영향만 남는다.

_'만남은 쉽고 이별은 어려워'

Episode. 64
승자와 패자.

단순한 내기처럼 아주 사소한 일부터,
연애와 같이 매우 복잡한 일까지
인생이라는 게임에는 항상 승자와 패자가 존재한다.

승자에 입장이 되면 그 자체로의 성취감과 행복으로
패자의 마음을 헤아려볼 생각이 들지 않지만,
패자는 승자의 입장이 되지 못한 아쉬움과 슬픔으로
승자의 마음이 어떨지 계속해서 머릿속에 맴돈다.

모든 게임에는 패자 없는 승자는 없다.
승자가 되었다 하더라도
절대 그 상황에 심취해 기만해선 안 된다.
분명 널 승자로 만들어주고 고통받고 있는
패자가 존재하기에.

그리고 어느 날 한순간

그들의 위치가 바뀌는 날도 온다.

한 치 앞도 모르는 게 인생이니까.

항상 생각하자. 너가 과연 진정한 승자인가.

_진정한 승자는

자신과의 싸움에서 이겼을 때 존재한다.

Episode. 65
우물 안에서 하늘을 보며 고통받지 않기를.

어둡고 축축한 우물 안에서
머리 위 푸른 하늘을 보며 드는 생각은 단 하나.
나가고 싶다.

푸른 하늘에 환한 햇빛이 비치는 세상은 얼마나
아름다울까.
100 번이고 1000 번이고 작은 구멍에 불과한 푸른
하늘을 보며 행복한 상상에 빠진다.
하지만, 행복한 상상은 결국 고통스러운 현실만
자각하게 한다.

이상과 현실의 괴리만큼 고통스러운 건 없다.
자아실현의 욕구 또한 같은 맥락이다.
우물 안에서도 먹고 사는 데는 전혀 지장이 없지만,
잘 먹고 잘 살고 싶어서
저 위에 하늘을 끊임없이 바라보게 된다.

우물 안에서
작은 구멍으로 진정 원하는 세상을
바라보는 수밖에 없이 살아가는 게
얼마나 괴로운지.
자아실현의 결핍이 이렇게나 괴로운지.

_결국 행동만이 답이다.

Episode. 66
일방적인 인간관계는 과감히 정리하자.

살면서 우리를 힘들게 하는 건
보통 인간관계에서부터 비롯된다.

만약 세상을 혼자 살아간다거나,
감정이 전혀 없는 인간사회에서 살아간다면,
어떤 일을 해도 힘들다는 생각은 들지 않을 것이다.

하지만, 우리가 살아가는 세상은
사회생활 속에서 어쩔 수 없이 함께해야 하는
사람부터 당장 인연을 끊어도 되는 가벼운 사람까지
다양한 관계를 형성하기 때문에
수많은 사람의 다양한 감정선 속에서 엉켜 살아야
한다.

주변 사람들을 잃으면 모든 걸 잃는 것만 같은 마음이
든다면, 딱 한 번만 용기 내보라 말하고 싶다.

세상에서 가장 중요한 건 바로 자신이다.
자신이 인간관계 속에서 힘들다 느끼면
그건 건강하지 못한 관계이며,
결국 주변 사람들에게도 좋지 못한 영향을 주는
사람으로 내려앉을 수 있다.

힘들게 하는 관계는 과감히 정리하고 어쩔 수 없이
함께해야 하는 관계는 감정을 완전히 내려놓자.
기대하지 않고, 무언가를 바라지도 말자.

한 번의 용기를 통해 주변을 건강한 관계로 정리하면,
자신의 정신도 건강해지는 경험을 하게 된다.

_수많은 관계 속에서 가장 중요한 건 바로 자신.

Episode. 67
완전히 다른 접근방식으로.

이미 망쳐버린 그림은 아무리 잘해보려 덧칠해도
성공적인 작품이 될 수 없다.

결국 계속되는 실패는
그림을 그리는데 재능이 없다고 판단하게 했고,
이제는 방식 자체가 문제가 있었음을 느낀다.

그래서 결심한다.
내 손으로는 더는 그림을 그리지 않겠다고.
대신 양질의 도화지와 최상의 채색 도구를 준비한다.

새하얀 도화지에 최상의 채색 도구가 있다면,
애써 혼자 그리려 하지 않아도
다양한 사람들을 통해 각자의 개성이 넘치는
훨씬 멋진 작품이 그려질 것이 분명하기에.

더 이상 붓을 잡는 일은 없다.

_최상의 준비와 기다림으로.

Episode. 68
넌 뭔 데 그렇게 자신 있어?

성인이 된 이후 4 년 만에 만난 친구와 술을 곁들인
이야기 자리에서 들은 가장 강렬한 질문이었다.

순간 머릿속을 멍하게 만들었지만,
다시금 자신감의 근원이 무엇인지 혹여나 근자감은
아닌지 한 번 더 돌아보게 되었다.

친구는 성장해온 배경이 상당히 비슷하다.
온실 속의 화초처럼 남부럽지 않은 가정환경에서
살아왔다는 점은 둘 다 인정하고, 성인이 되기 전의
삶에 대한 노력에 가장 대중적 지표인 대학도 같았다.

친구는 대학을 졸업할 시기가 오니 미래에 대한
현실을 피부로 느끼며 생각이 많아질 시기였고,
필자는 군 복무로 인해 친구가 1 년 정도를 먼저 그
시기를 마주했다.

현실적으로 수많은 고학력자가 피 터지게 경쟁하는
취업시장만을 놓고 본다면 나 또한 자신이 없다.

노력한 만큼 좋은 대학에 간 것이고 그 수준에서
노력한 사람들끼리 모여 더 큰 시너지를 만든
사람들이다.
우리가 그들과 똑같은 대우를 받고 싶어 하는 건
욕심이자 양심이 없다고 생각한다.

하지만, 당장 눈앞에 취업이란 벽 때문에 자신감을
잃는다는 건 용납하지 못한다.

자신감을 얻기 위해서는,
자신의 가장 근본적인 마음에
굳은 믿음이 있어야 한다.
믿음은 성공, 사랑, 행복과 같은 모든 영역에
해당한다.

결국 자신의 믿음을 얻기 위해서 노력해야만
자신감을 얻을 수 있다.

세상은 누구에게나 다 똑같이 느껴질 수는 없지만,
그렇다고 누구에게나 다 상대적으로 대해주지도
않는다.

인간은 절대로 멍청하지 않다.
자신감이 없다는 건 세상을 향한 자신에 대한 믿음이
부족한 것이며 결국 노력이 더 필요한 상태다.

자신감은 성장을 위한 인간 지표다.
부족하다면 노력하라는 신호이고
넘친다면 아주 잘 해내고 있다는 증거다.

_결국 자신 있는 삶이 가장 행복한 삶이 아닐까.

Episode. 69
한심한 놈.

그렇게 땅을 치며 후회하고 몇 번씩 반복해서 얻은
깨달음과 다짐을 어느새 또 망각하고 행동한다.

상처 난 부위가 아물기도 전에
계속해서 상처 가나 곪아 터지는 고통이다.
왜 반복되는 잘못으로 정신적 고통을 주는가?

한심한 놈.

이렇게 강한 어조로 글을 남기고 자신을 다그쳐도
과연 바뀔 수 있을까?

의심이 들지만 내가 할 수 있는 건 단 하나.
바뀔 때까지 자신을 믿는 수밖에.

_진정한 믿음은 그 어떤 다그침보다 강력하다.

Episode. 70
이젠 정말 첫 단추를 잘 끼워야 하는데.

내가 만들어 나가는 길로 가야 하는가,
안정적으로 놓아진 길로 가야 하는가?

두 선택지 사이에서 항상 고민한다.
앞으로의 삶을 살아가는 데 있어서
어떤 선택지를 택해야 잘 사는 건지.

이미 숙고한 선택이 많은 후회를 남길 때도,
의도치 않은 선택이 좋은 결과를 만들기도 했다.
그래서인지 인생은 한 치 앞도 모른다는 말이 공감은
되면서도 가장 부정하고 싶은 말이기도 하다.

다른 사람들의 인생도 아니고
최소한 자신의 인생만큼은
한 치 앞 정도는 볼 수 있는 인생을 살고 싶다.

하지만, 한 치 앞조차 보는 게 어렵다.
수많은 선택지와 빠르게 변화하는 세상에서
당장 오늘의 선택이 내일에 어떤 결과를 불러올지
예측하는 것조차 어렵다.

결국 어떤 길을 택하던
자신의 소신을 끝까지 지키는 방법뿐이다.
많은 경우의 수를 다 겪어도 끝까지 소신을 밀고
나간다면 결국에는 그 길이 잘 걸어온 길이 된다.

믿고 싶다. 지금 걷는 이 길을 잘 걷고 있다고.

과거를 만족하진 못해도 다 지워버리고 싶진 않다.
그 길을 걸었으니,
이런 생각을 하는 지금의 내가 존재하는 것이니.

_소신 있는 길을 걷자.

Episode. 71
우린 좀 힘들어야 돼.

그래 맞아.
세상에 모든 인생은 다 상대적이지만,
여기서 안주하고 만족하기 싫다면
우린 좀 힘들어야 해.

밑바닥부터 역경을 넘기며 성공한 사람들도
훌륭하지만,
꼭 저런 방식의 성공만 있다고 정의하진 말자.
우리도 훌륭하게 성공해야 하니까.

하지만, 좀 힘들어야 하는 건 맞아.
당장의 그 위치에서 힘들어 본 적이 없잖아.
항상 적당한 수준에서 만족하고
적당한 수준에서 행복했지.

근데 왜 이제야 좀 힘들어야 한다는 생각이 드는
걸까?

이제야 남들이 힘들어 얻은 결과들이 피부 끝에
느껴지는 걸까, 욕심이 생긴 걸까, 자신만의 힘으로
이룬 것들을 되돌아보는 시기가 온 걸까.

다 맞다.
지금이라도 이렇게 생각하고 힘든 게 다행이다.

_이제 각자의 방식으로 힘들어 보자.

Episode. 72
자신의 기준으로 타인에게 대하지 말자.

살다 보면 다양한 판단이 필요한 상황에 놓인다.
세상은 정답의 기준이 없으므로 사람들은 각각 살아온
삶을 기반으로 각자의 기준을 만들어 판단한다.

자신이 세운 기준은 삶을 살아가는 데 있어서 매우
중요한 도구이며 나만의 인생 길라잡이 역할을 해준다.

하지만, 그 기준은 어디까지나 자신에게 한정되게
작용한다.
자신이 살아온 경험으로만 만들어진 지극히 맞춤형
기준이라서 다른 사람들마저 그 기준에 맞춰져야
한다는 생각은 금물이다.

나만의 기준은 양날의 검이다.

자신을 향해서는 최고의 효과를 보는 무기이지만,
타인을 향한다면 서로에게 상처만 남기는 도구에
불과하다.

_세상은 너 혼자만 사는 게 아니야.

Episode. 73
잔잔한 바다.

살다 보면 예상치 못한 일들이 일어나곤 한다.
어쩌면 인생을 사는 맛이 아닐까 싶을 때도 있지만,
대부분 힘들고 지칠 때가 많다.

한 명의 인간으로서 맞서기에
세상은 너무나 크고 사납다.

마치 태풍이 몰아쳐 성난 파도가 치는 바다 같은
인생은 넓은 세상으로 나아가기 위한 여정이라
생각하지만,
한편으로는 나아가지 않아도 되니
잔잔한 바다에서 평화롭게 있고 싶다.

하지만, 안다.

바다는 평생 성난 파도만 치는 것도 아니고
평생 평화롭고 햇빛이 반짝이는 잔잔한 모습도
아니란 걸.

_파도가 칠 때는 견디는 법을,
 잔잔한 상태에선 감사한 마음을.

Episode. 74
의식적 휴식.

바쁘게 돌아가는 세상 속에서
건강을 챙길 여유는 점점 줄어든다.
몸과 마음의 건강은 자연스럽게 챙겨지는 것이
아니기 때문에 의식적 휴식과 치유가 필요하다.

사람들은 과연 진정으로
몸과 마음을 휴식시키는 법을 알까?

일상 속 루틴이 건강한 방향으로
잡혀있다면 우선 손뼉을 쳐주고 싶다.

하지만, 대부분 사람은
열심히 일한 자신에 대한 보상이랍시고,
각종 야식과 음주가 일상적이며
운동을 꾸준히 하는 사람도 드물다.

건강한 삶을 살기 위해선
일상 속 건강한 루틴이 필요하고
루틴이 잡히기 전까지는
의식적으로 휴식을 취하기 위해 노력해야 한다.

여기서 포인트는 그냥 편하게 있는 건
진정한 휴식이라 볼 수 없다.

의식적으로 야식 먹을 시간에 밤 산책하러 나가거나
게임을 할 시간에 관심 있는 분야의 독서를 해서
건강한 방향으로 보상해주는 휴식이 중요하다.

**자신의 본업부터 자기 계발과 취미생활 더 나아가
휴식까지도 의식적 관리가 가장 중요하다.**

_소중하지 않은 시간은 단 1분도 없다.

Episode. 75
위기를 기회로.

살면서 마주하는 수많은 위기는
우리를 좌절시키기도, 고통을 주기도 한다.

보통의 위기는 두 가지의 결말을 내재하고 있다.
어떻게든 넘기느냐, 그대로 무너지냐.

'위기'라는 두 글자에서는 '기회'라는 단어가 어울리지
않지만, 반대로 생각해보면 공존하지 못할 이유도
없다.

위기에서 무너지지만 않아도
그 자체가 기회가 되기도 한다.

그 상황에서 견디기만 하는 것만으로도
그대로 무너지는 사람들에 비해 뒤쳐지지 않을 수
있는 기회이고,
현명하게 대처하며 잘 넘긴다면 무너지는 걸 고사하고
성장할 수 있는 기회의 발판이 되기도 한다.

하지만, 현실적으로 위기의 상황에서 머리속은
카오스에 빠지기 십상이다.
그러므로 견디는 것, 잘 넘기는 것 보다 중요한 건
우선 무너지지 않는 것이다.

_발상의 전환이란.

Episode. 76
너무 복잡할 때는 다 내려놓고 휴식하자.

정말 아무 일도 안 하는 거다.
자고, 밥 먹고, 산책하고
몇 날 며칠을 그렇게 반복하는 삶.

내려놓는 삶을 살며 느껴야 하는 건
첫째. 빠른 포기도 능력이지만,
모든 것을 놓아버리지는 말 것.
둘째. 부정적 사고는 아니되,
허황한 기대를 걸지 말 것.
셋째. 나의 시간대에 존재할 것.

결국 자신의 박자를 찾아야 한다는 의미다.
욕심은 너무 큰 기대와 사회 통념적 시간의
압박으로부터 비롯된다.

욕심이 많아서 일을 벌이고 수습하는 데 힘을 더 쓰는
건, 미련하게 포기를 못 하는 것이다.

나는 힘들고 못 하는 일인데, 남들은 한다고 해서
욕심을 부릴 게 아니라. 저 사람의 박자와 에너지가 저
정도이구나 하며 인정하는 거다.

나는 내 시간대에서, 내 박자에 맞춰서 움직이면 된다.
그게 비록 늦어질지라도,
인내하는 것 또한 나의 숙명이라 생각하자.

_자신을 갉아 먹을수록 그 누구도 도와줄 수 없다는걸
  명심하며.

Episode. 77
불안감.

아무것도 하지 않겠다.
스스로 그 어떠한 기준을 강요하거나,
결과에 대해 압박을 주지 않겠다.

완벽주의에서 벗어나겠다.
인간은 누구나 실수하고,
다분히 여러 번 같은 실수를 하기도 한다.
범죄가 아닌 이상 스스로에게 가혹하지 않겠다.

술을 마시지 않아도,
글을 쓰지 않아도,
친구와 연락하지 않아도,
내 시간은 온전히 나의 것으로 존재하며,
잃거나 얻는 것의 개념이 아니다.

시간을 버렸다, 죽였다, 잃었다는 것과 같은
자신을 목 죄이는 강박에서 풀어주자.

가만히 누워 숨만 쉬는 한이 있어도,
내가 존재하는 게 우선이기에
오늘도 이렇게 글을 쓴다.

_자신을 괴롭히는 결과가 가장 무섭다.

Episode. 78
삶의 침체기.

무언가를 얻기 위해선 분명한 희생이 필요하다.
쉽게 얻을 수 있는 것들은 작은 희생만으로도 충분히
얻을 수 있어서 오래가지 못하거나
큰 행복을 주지 못한다.

작은 것들도 큰 행복을 가져와 주는 경우도 있기는
하지만 그 영향력은 분명 한계가 있다는 건 변하지
않는다.

대부분 사람은 삶의 큰 영향을 줄 수 있는 것들을
원한다.
10만 원보다는 10억을,
가벼운 인연보다는 깊은 인연을,
작심삼일 다이어트보다는 10kg 감량을 원한다.

간절하게 원한다면 큰 희생을 감내하며 삶을 바꿔 나가겠지만, **대부분 사람은 기존의 삶에 너무나도 익숙해져 있어 큰 희생을 치르지 못한다.**

당연하게도 큰 희생을 치르지 못하면 원하는 걸 얻지 못하는 게 당연한 순리이지만,
원하는 마음은 항상 마음 깊은 곳에 존재하기에
매일같이 머리로는 생각하면서 행동은 하지 않는
일종에 슬럼프에 빠지곤 한다.

이는 삶의 침체기를 유발한다.
큰돈을 벌겠다고, 다이어트를 하겠다는 말을 입에
매일같이 달고 살면서 희생은 없는 반복된 삶을
산다면 정신적으로 자신을 괴롭히는 건 아닐까
생각해보자.

_언제까지 진정한 희생을 회피할 것인가?

Episode. 79
젊은 나이.

삶의 책임감에서 가장 자유로울 때,
오직 자신만을 위한 삶을 살며,
자신의 인생만을 책임져도 문제없을 때.
흔히 가정을 꾸리기 전 나이대인 20대가 가장
자유로운 삶을 살 수 있는 나이다.

그래서 이 시기를 어떻게 해야 더 값지게 보내고 후회
없이 보낼 수 있을 것인지에 대해 많은 생각을 한다.

계속되는 생각 속에서 문득 역설적인 생각이 들었다.
우리는 가장 부담 없는 시기임에도 불구하고 자신에게
상당한 부담을 안겨준다.

요즘 시대는 각종 온라인 매체로부터 수많은 0.1%의
성공을 이룬 2, 30대들의 모습을 보며 좌절하길
다반사다.

하지만, 이 시기는 실패해도 과정 중에 경험을 얻는
시기이며 당장의 결과물을 만들어 내지 않아도
걱정하거나 뒤처졌다는 생각은 안 해도 되는 시기이다.

생각이 많다면 수많은 생각 중에 가장 강렬하게
맴도는 생각 단 하나만이라도
즉시 실행에 옮겨 보는 걸 강력하게 추천한다.

꼬인 실타래도 한 가닥씩 풀다 보면 어느 순간
완전하게 다 풀 수 있는 것처럼, **하나씩 행동하다 보면
자연스레 그다음 행동으로 이어지면서 머릿속의
생각들과 인생까지도 풀어나갈 수 있다.**

_아무것도 하지 못하겠다면,
 당장 찬물로 세수라도 하자.

Episode. 80
작은 변화들이 모여.

음주를 예로 들어보자.

소주를 마신다.
한 병을 마시면 취기와 함께 뜨거워지며,
두 병을 마시면 붉어지는 몸과 함께 취한다.
세 병을 마시면 기억이 가물가물해지고,
네 병을 마시면 다음 날이 없다.

맥주를 마신다.
한 잔을 마시면 청량감이 몸을 감싸고,
두 잔을 마시면 취기가 슬슬 올라오고,
세 잔을 마시면 기분이 좋아지며,
네 잔을 마시면 완전히 취한다.

겨우 한 병 차이인데 그 순간순간의 기분이 다르고,
하루 지나 다음 날 숙취의 차이는 차원이 다르다.

한 잔, 한 병의 차이가 당장의 결과에도 영향을
미치지만, 쌓이고 누적이 되다 보면 엄청난 결과의
간극을 만들어낸다.

그렇게 숙취가 심한 날이 반복되다 보면 삶의
밸런스가 붕괴할 확률도 높아지고 자연스럽게 부정적
굴레에 빠지게 된다.

한 병 더 마시고 싶을 때,
가장 강력하게 원할 때 멈춰야 한다.

소탐대실을 명심하며 지금의 한 병이 내일의 하루를
좌우할 수 있고 내일의 하루는 삶 전체를 좌우하게
되기에.

_가장 원할 때, 비로소 멈춰야 할 그때다.

Episode. 81
결국은 해야 된다.

순간의 게으름에 잠식되어서 해야 하는 일을 하지
않는다면, 다시 그 일을 할 수 있을 시기까지
머리에 남아 무한히 성가시게 한다.

심지어 한번 게으름에 잠식된다면,
두 번 게을러지는 건 처음보다 쉽다.
결국 두 번째 기회를 날려버릴 확률만 높아진다.

두 번이나 게으름에 잠식되어 나태해진 자신을 보면
더욱이 자신하게 실망하게 된다.
이런 상황에서 최선의 해결책은 결국
세 번째 기회에 게으름을 이겨내는 방법뿐이다.

슬슬 게으름에 익숙해져 완전히 잠식되어 버리고
꼼수를 부리는 정도까지 와버린다면,
단언하는데 제대로 하기 전까지 몇 번이고는
더 기회를 날리는 짓이다.

안 좋은 굴레에 빠진다면 자신이 상상하는
그 이상까지 빠지기 쉽다.

그러니 결국 해야 하는 건, 그 시기에 알맞게 하자.
그것만이 가장 덜 귀찮게 인생을 사는 방법이다.

_다 핑계야, 지금 당장 해.

Episode. 82
책을 마치며.

더 많은 생각과 깨달음들을 계속해서 남기며 책을 이어 나가고 싶지만, 이 글을 쓰게 된 취지를 다시 되돌아보며 여기서 마침표를 찍는다.

그저 군 생활을 하며, 전역 후 사회에 적응을 하며 힘들었던 시기에 그만큼 많은 걸 깨닫고, 잊어버리긴 너무나 아까웠던 마음으로 남긴 글들이 이렇게 정리가 되어 책으로 나올 수 있게 되었다.

사회에서의 일상 또한 못지않게 힘들고 수많은 깨달음이 생길 게 분명함으로 앞으로도 이런 순간의 생각들을 기록하는 좋은 습관을 계속 유지해서 선순환적인 인생을 살 수 있도록 꾸준히 노력할 생각이다.

앞으로의 인생에서 2 년 뒤가 될 수도, 20 년 뒤가 될 수도 있지만 필자의 가치관을 유지하며 선순환적 삶으로 발전한다면 더 성장한 깨달음들을 다시 한번 책으로 남길 예정이다.

뭐든지 처음은 어려워도 두 번은 쉬운 만큼 첫 물꼬를 트는 용기와 노력이 가장 중요하다. 그리고 그 물꼬를 틀 시기는 바로 지금 당장이다. **머릿속에만 있는 생각은 차라리 없는 게 더 편하므로 생각만 하지 말고 당장 행동으로 옮기길 바란다.**

필자도 매 순간 의식적으로 행동하려 노력하며 살아가겠다고 다짐했으니, 이 책을 완독한 독자들도 그대들의 삶이 주체적으로 행동하는 삶을 살기로 다짐해줬으면 한다.

책을 통해 인연이 닿은 모든 분께 다시 한번 감사드리며 다시 한번 인연이 닿기를 바란다.

시 No. 1

비 온 뒤 맑음.

따뜻한 햇볕이 드는 그 날.
온 몸을 적시던 그 비를 추억하며.
다시 온 몸으로 그 볕을 느낀다.

온 몸이 따뜻해 지는 그 날.
다시 비 내릴 그 날을 준비하며.
더욱이 맑은 하늘에 감사한다.

마음마저 포근해 지는 그 날.
이젠 그대의 따뜻한 볕이 되어주며.
온 몸을 적시던 비의 뜻을 알게 된다.

책을 쓴다는 것은 무엇을 가르치기 위함이 아니다.
독자보다 우위에 있음을 과시하기 위함도 아니다.
책을 쓴다는 것은 무언가를 통해 자기를 극복했다는
일종에 증거다.

〈니체의 말〉

책이 탄생하기까지 도와준 이성준, 이승민, 류명선,
윤서현, 디자이너 구예진님 그리고 주변 모든 사람에게
감사합니다.